彩虹谷的雲怪獸

王宇清——文
邱　惟——圖

彩虹山脈下的彩虹谷

彩虹山脈由七座山所組成。

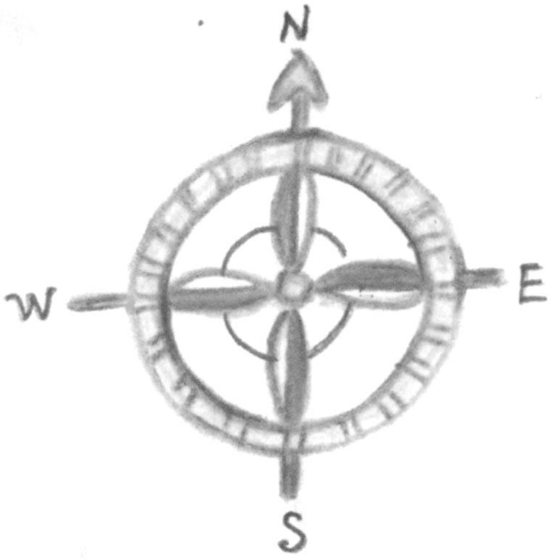

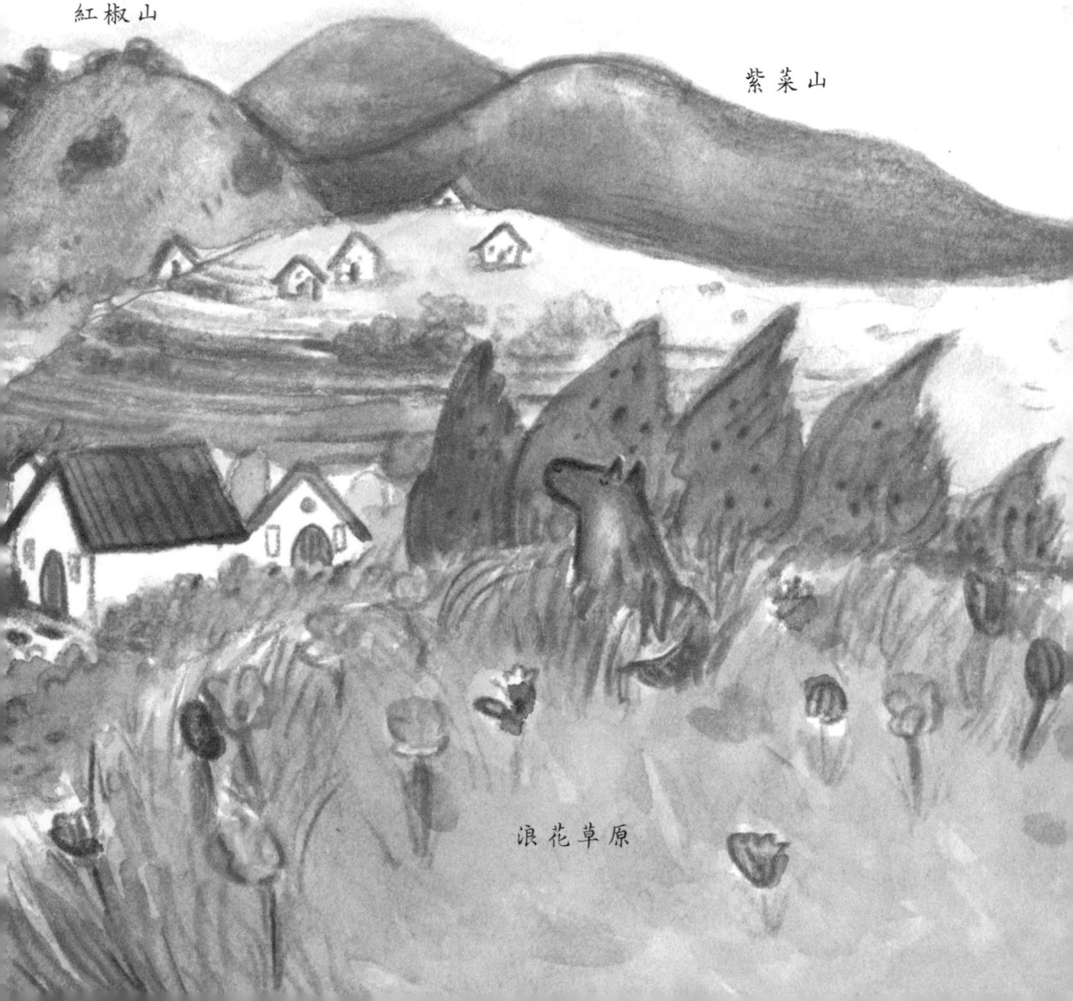

彩虹谷位於山脈之間，是一個神祕的小山谷。

這裡居住著一群虔誠純樸的彩虹谷谷民。

各界推薦

可愛溫馨又趣味橫生的部落故事，看著書中居民如何互相幫助、分享快樂，讓人對他們的溫暖感同身受，心裡不禁流過一絲暖意。

——六十九（插畫家）

這本書是茫茫書海裡的一劑暖心針。故事玲瓏可愛，文辭優美真誠，平凡的生活小事件也能寫出豐饒新滋味，全賴於作者匠心獨具。

——亞　平（童話作家）

邀請你一起來彩虹谷，抓秋陽下的金甲蟲、聽彩虹稻浪的聲響、陪雲怪獸放風箏，感悟與萬物共情的柔軟，如溫煦的彩虹，能點亮生活。

——汪仁雅（繪本小情歌版主）

多才多藝奶爸作家的七彩童話：繽紛時空、可愛角色、微妙情節、迷人幻想！彩虹谷——獻給小讀者的神奇樂土！

——林哲璋（童話作家）

雖然作者聲明，並不想傳達什麼道理，但《彩虹谷的雲怪獸》確實展現出對於兒童生活的細膩觀察。它以溫柔的同理，陪幼兒把日常變成奇妙的幻想遊戲。

——周惠玲（童書吹鼓手．兒童文學博士）

喜歡每段以溫柔筆觸記錄下來的彩虹谷谷民生活日常，以及暖暖互動的篇章。「雲怪獸，雲怪獸，你在哪裡？」看完也忍不住想抬頭找尋雲怪獸，陪我們一起探找平凡生活中的溫馨小驚喜。

——陳虹伃（插畫繪本作家）

非常可愛的兒童故事，彼此默默著想與付出，所有小事都這麼動人。雲怪獸就是童心與愛啊，我也想遇到雲怪獸！

——張英珉（文學作家）

一個個灑著魔法銀粉的怪可愛角色，一則則倘佯在自然氣息的生活故事，作者返回文學的純粹，迴映孩子明亮的眼眸和真誠的心靈。

——劉思源（童書作家）

在彩虹谷裡，美好的天氣，和善的居民，還有一隻可愛的雲怪獸，到處笑聲與驚喜，這是作者為孩子創作的天堂。

——顏志豪（兒童文學作家）

作者的話

歡迎來到彩虹谷

我相當著迷於冒險、懸疑類型的故事，寫的作品也大多具有這樣的色彩。然而，反思自己的寫作，覺得在這些題材之外，一定還有許多值得探索的趣味。

於是我想到了姆米谷、櫻桃小丸子、我們這一家……這些從日常生活出發的故事，沒有可怕的大魔王，也沒有複雜的謎題，甚至也沒有讓人神經緊繃的危機，為什麼還是如此動人，讓人著迷呢？

這本書就是我從日常生活裡尋找趣味的作品。

另一方面，我一直特別喜歡具有民族風情、異國情調的世界。因此在我的想像中，彩虹谷是一個與世無爭，帶有印地安部落風味的世外桃源；裡面的故事，則是純真純樸的谷民，在田野的日常生活中發生的小趣事。書中最具有代表性的角色，當然就是雲怪獸。

在我的神靈觀念裡，神明以我們無法全然理解的形態存在，他有他獨特的行事作風。故事裡的雲怪獸，便是如此。他像是一個心智未開的孩子，有執拗的個性、頑皮的性格和貪玩的天性。然而，看似捉摸不定，他卻又以他的方式，在暗中默默守護著彩虹谷的人們。

彩虹谷的谷民，對雲怪獸感到敬畏神聖，然而對於孩子和小動物來說，雲怪獸又像是他們親近的同伴。

我想，這個故事反映了我對人與自然、人與神明之間關係的思考和期待吧。所以，《彩虹谷的雲怪獸》乍看是一本小巧的作品，但在我的創作歷程中，卻具有特殊的意義和重量。

它並沒有刻意要教導讀者什麼、啟發讀者什麼。但我期待，這本小小的故事集，能像是一泓小小的純淨湖水，為生活帶來沁入心脾的清涼。而水面上，若隱若現的倒映著天上一彎淡淡的、可愛的七色小彩虹。

十分感謝字畝文化，願意出版這樣的故事。

目錄

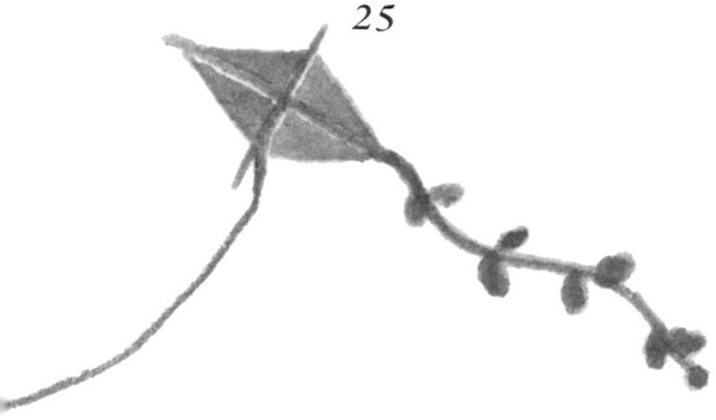

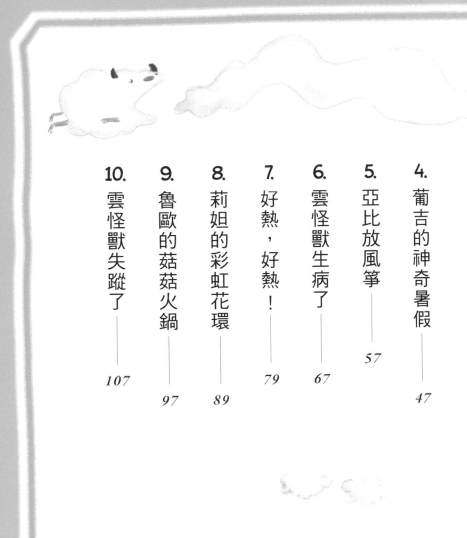

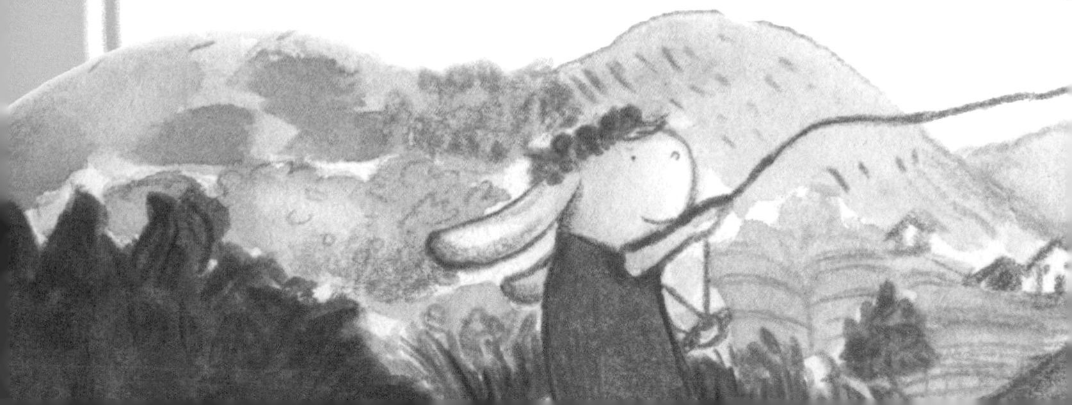

角色介紹

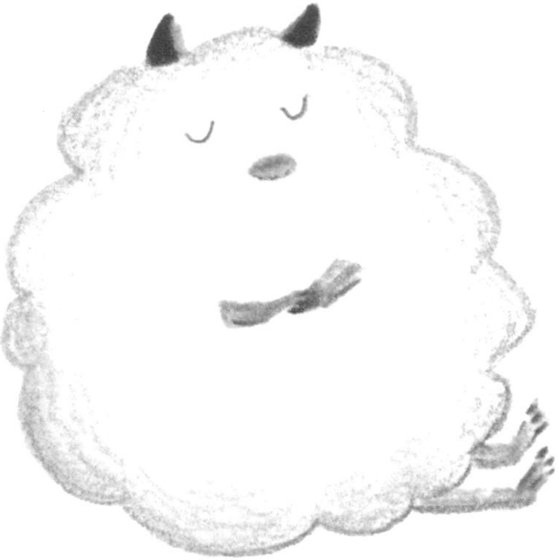

雲怪獸

最喜歡吃雲朵，也吃一些花草露水。當他打飽嗝，就會在天空吐出彩虹。每到冬天，雲怪獸就會進入冬眠。

亞比

個性天真善良、敏感，有時候有點多慮。

鐵米

忠誠無畏的小狗，但有點自以為是，是亞比的跟屁蟲。

古拉

亞比的爸爸擔任巫醫，是彩虹谷的領袖，負責彩虹谷的各項大小事務。

努莎

亞比的媽媽，廚藝極佳，更有經營生活的小巧思。

葡吉

原本住在暖暖森林，後來因森林野火而搬到彩虹谷，成為亞比的同班同學。

莉妲

亞比的阿姨。手藝靈巧，經常送禮物給亞比。

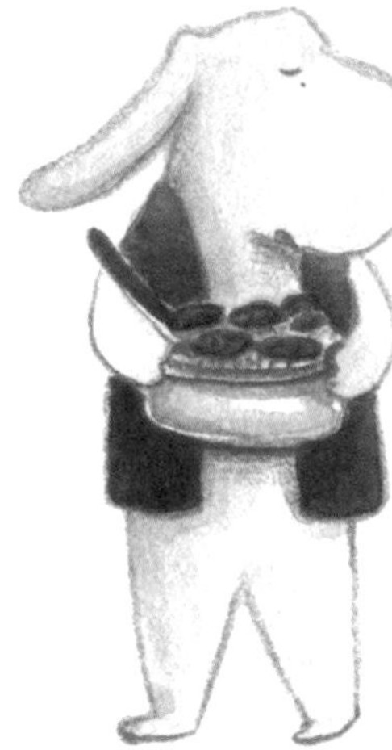

魯歐

亞比的叔叔。住在紫菜山的山腳下，是位熱愛美食的饕客。

吉本

魯歐的鄰居。鼻子靈敏，個性木訥的大胃王。

1

葡吉搬離暖暖森林

今年的冬天特別乾冷，橘子山燃起了可怕的野火；風一颳，讓火勢逐漸蔓延到暖暖森林，森林中的居民再不搬家就要被烤熟啦！

葡吉一家決定搬到彩虹谷，那是位在彩虹山脈裡的一座美麗山谷。

可是，從決定搬家那天開始，葡吉的寶貝就陸續失蹤。先是櫃子裡珍藏的蜂蜜，怎麼找也找不到，害得暖暖森林的惜別會上，獨缺他的招牌蜂蜜鬆餅，讓大家好失望。

接著，小福送給他那鑲有七色幸運草的徽章，同樣消失無蹤。

然後，是他和蓬蓬一起採集的各種暖暖森林裡的特產松果、再來是裝有暖暖河水的小罐子……

爸爸、媽媽催促葡吉趕快打包好行李。可是，沒了這些寶貝，他哪裡也不想去。

搬家的前一天晚上，葡吉把皮卡送的楓葉卡片緊緊握在手上：「如果我不睡覺，守著卡片，那就不會丟了！」

可是，才一下子，他就好睏好睏……瞌睡蟲在他的眼皮上跳舞……

半夢半醒之間，他突然聽見沙沙的聲響。

他使盡全力，終於撐開眼皮，卻看見一個小小的、粉橘色的身影——一個小精靈正偷偷的把楓葉卡片從葡吉手上拿走！

「小偷！」葡吉大喊。

小精靈嚇得一動也不敢動，臉色比窗外的月光還慘白。

「原來是你偷了我的寶貝！快還給我！」葡吉氣壞了。

「對不起……我只是……嗚……嗚哇！」小精靈哭了起

來：「我不想讓你走。」

原來，葡吉的家裡還偷偷住著一個小精靈。他不希望葡吉搬家，所以故意把葡吉心愛的寶貝藏起來。

「我好喜歡暖暖森林，喜歡和你住在一起。有了你們一家人，我就不寂寞了。」

「可是，暖暖森林就快要被野火吞噬了，所有居民不得不搬家。」葡吉氣消了，無奈又沮喪的說。他也不想離開呀！

突然，一個念頭出現在葡吉腦中……

「你要不要……和我一起搬到彩虹谷去？」葡吉問。

「可以嗎？」小精靈哭得滿臉鼻涕眼淚。

「當然可以！」葡吉很高興有小精靈作伴，一起面對陌生的新環境。

當晚，小精靈把所有的東西都還給葡吉，還和葡吉一起整理行李；他們倆忙著把所有和暖暖森林相關的寶貝打包起來。

有了一起搬家的夥伴，葡吉不再焦慮了。雖然捨不得，但是他開始對新家有了期待。

隔天，葡吉一家帶著小精靈，和所有的暖暖森林寶貝一起出發，前往彩虹谷，建立一個新的家。

2

亞比媽媽的待客魔法

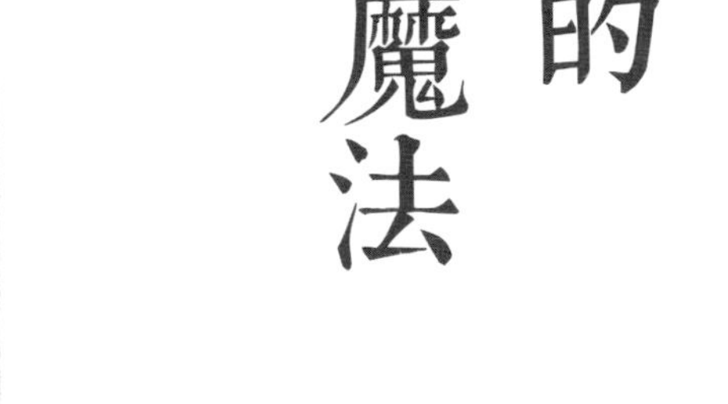

在彩虹谷的東邊，每天陽光最先拜訪的地方，住著亞比一家。

亞比的爸爸是巫醫古拉，他除了醫治人們的大小病痛外，也協助處理彩虹谷的各項事務，例如何時該播種耕種，何時採集彩虹果，何時搭建新屋，為作惡夢的谷民驅走夢魔，為新生的嬰兒祈福……凡是你能想到的事，彩虹谷的谷民都仰賴古拉，包括照顧雲怪獸。

這天，是亞比的好朋友葡吉要搬來彩虹谷居住的日子。在找到新房子（當然也靠古拉幫忙）之前，他們要先借住亞比家。

知道葡吉要來的消息，亞比開心極了！她每天帶著小狗鐵米到谷口張望，據媽媽努莎的說法是：「谷口的草地都被你們踩禿了！」

亞比想起之前到暖暖森林去拜訪，葡吉家是一棟豪華樹屋，不僅有大片露天陽臺、挑高的寬敞客廳，葡吉的媽媽還請廚師做了大餐招待他們。想到這裡，她突然感覺自己家的木屋好小喔！而且，她們家也沒有錢請廚師。

「亞比，怎麼了，葡吉要來我們家住，你不高興嗎？」

媽媽不了解為何原本興高采烈的亞比，變得悶悶不樂。

亞比吞吞吐吐：「媽媽，我怕我們家這麼小，葡吉他們住不慣。」

媽媽聽了，沒有生氣，只是微笑。

「亞比，媽媽跟你保證，葡吉他們一定會住得很開心！」媽媽說。

「可是……」

「相信媽媽，媽媽有魔法喔！」

「魔法？」她知道爸爸古拉有魔法，可是媽媽根本不會啊！

「爸爸出門到藍莓山上採草藥，要好幾天才回來，所以魔法要靠你一起施展！」媽媽神祕兮兮的說完，帶著亞比進入客廳。

亞比滿懷期待，以為媽媽要拿出什麼厲害的魔法工具，沒想到媽媽卻只是叫亞比一起把客廳裡的書本、玩具，整齊擺進櫃子，然後為桌子換上漂亮的桌巾，椅子擺上舒適的大抱枕。

「魔法在哪裡？」亞比嘟噥著，媽媽努莎卻只是調皮的眨眨眼睛，接著帶亞比走進房間，一起為葡吉一家要睡的床，鋪上薰過花香的床單，並攤平一床又暖又鬆的棉被。

「媽媽，趕快施魔法吧！我好累耶！」亞比忙得都流汗了。

沒想到，媽媽仍只是露出一抹神祕的微笑，牽起亞比的手走出了房子，來到花園。「亞比，請你採一些開得最美麗的花吧！我去菜園摘菜，冬天的七彩花椰最美味了！」媽媽轉身就往菜園走去。

「這時候還有心情採花？葡吉都要來了！」亞比急得直

跺腳，但也只好照辦啦！

忙了一會兒，媽媽和亞比各自提了一大籃的蔬菜和鮮花進到屋裡。

「我們不做一點特別的料理嗎？」亞比還是覺得應該招待客人吃「大餐」。只是彩虹谷沒有豪華餐廳，也沒有食物外賣，讓她有點不安。

「別擔心，趕快把花插到每個房間，然後到廚房幫我。」媽媽哼著歌走進廚房。

也許，魔法只在最後一刻使用就好了吧！故事書上不都是這麼寫的嗎？亞比自我安慰。

叮咚！就在燉蔬菜咕嚕咕嚕冒著香氣泡泡的時候，葡吉他們來了！

打開門，只見葡吉一家三口，外加一位小精靈，虛弱又狼狽，顯然搬家讓他們吃足苦頭！

亞比先招待葡吉一家洗了舒服的熱水澡，然後大家圍著小圓桌吃飯喝湯。

「好香啊！亞比媽媽做的菜好香！我肚子好餓！」葡吉興奮大叫。

葡吉一家邊吃邊誇：「好久沒吃到這麼新鮮美味的家常菜了！好幸福！」

媽媽努莎笑著說：「這全靠亞比的幫忙喲！」

吃飽後，他們坐著喝花茶聊天，大家緊緊挨在一起，小小的客廳溫暖又舒適。花朵的芬芳飄散整個空間，每個人臉上洋溢著輕鬆滿足的笑容。

葡萄對亞比說：「你家好舒服、好溫馨，我好喜歡！」亞比驚喜的望著媽媽，媽媽也正對著她眨眼睛呢！

3

巫醫古拉的頌歌

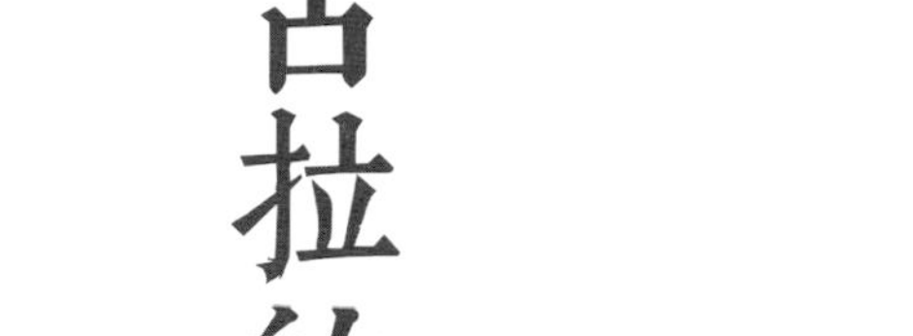

當春天拜訪彩虹谷，紅椒山上的第一支嫩芽啵一聲冒出枝頭，就是雲怪獸從冬眠中醒來的時候。

今年，十年一度的彩虹大祭典來臨了！祭典上，古拉必須要以古老的彩虹語，獻唱會讓雲怪獸喜悅的新歌曲。

這是古拉擔任巫醫後的第一次祭典。

可是古拉成天忙著幫谷民解決困難，根本沒時間寫歌。

不得已，他把自己關在平時工作的帳篷，並在門口貼了告示：**古拉正專注創作頌歌，非緊急事件，謝絕打擾。**

古拉相信，谷民會體諒他的。畢竟，在彩虹谷，沒有什麼比雲怪獸的祭典更重要。

半夜的帳篷裡，古拉盤腿坐下，閉上眼睛，專心冥思。

有了！

古拉瞬間彈起，開始在爐火前跳起舞，激昂唱起：

「底拉米斯喀，撒米斯攏喀，哇薩苦密斯，斯喀努必瘩！」

這段彩虹古語的意思是：「偉大的雲怪獸，多麼巨大又強壯！天空中飛翔，彩虹真美麗！」

「怎麼樣？」古拉自己都感動了，他興奮的望向趴在帳棚裡的小狗鐵米。鐵米打了一個呵欠。

「不好嗎？」

鐵米把頭搭在前腳上，閉上眼睛。

古拉有點沮喪，連小狗都不喜歡，雲怪獸又怎麼會喜歡呢？

不行！

古拉重新打起精神，等待靈感降臨。

四周一片寂靜。

突然間，古拉的腦海中，浮現了滿天星斗的夜空；閃閃的星光，竟然化成旋律，在古拉心中詠唱！

「底普拉斯第安，卡其碰！拉苦思地瑪，打亞達！苦其卡亞乾，努迪呀！」古拉唱著。

歌詞的意思是：「七彩的彩虹，是祝福！永恆的星光，是禮讚！雲怪獸的保佑，是恩典！」

古拉被自己的歌聲感動得落下淚來。他淚眼汪汪，轉頭望向鐵米。

鐵米卻搖搖頭，接著，突然放了一個響屁，跑出帳篷去。

「喂！好臭！」整個帳篷裡都是鐵米的臭屁。

真是壞兆頭！古拉悶到極點，再也提不起興致來了。

「唉……」明天再繼續吧！

可惜一直到祭典前一天，古拉沒再寫出半首曲子。

歡樂的祭典從清晨便開始，谷民們唱歌跳舞，吃吃喝喝。

接下來，最重要的部分登場了！

陽光溫暖，雲怪獸已經在天上等著，要聽歌啦！

不得已，古拉硬著頭皮，對著雲怪獸獻唱了被鐵米看不起的第一首曲子。

「底拉米斯喀，撒米斯攏喀，哇薩苦密斯，斯喀努必瘩！」

「天啊，希望我不會是第一個因為歌太難聽而被雲怪獸吃掉的巫醫！」古拉邊唱邊擔心。

沒想到——

「唔！好聽！」雲怪獸高興得胃口大開，吞下好多好多雲朵，吐出漫天的彩虹！

「哇！好棒！」所有人讚嘆。

「唔！還要聽不一樣的！」雲怪獸竟要求聽第二首。

古拉大感意外！第二首還能成功嗎？古拉緩緩唱起第二首歌。

「底普拉斯第安，卡其碰！拉苦思地瑪，打亞達！苦其卡亞乾，努迪呀！」

「唔！好聽！」雲怪獸咧開嘴笑了。「睡睡，睡睡！」

雲怪獸在古拉悠揚的歌聲中，沉沉睡去，發出輕輕的鼾聲，谷民聽了也跟著想睡起來。

「偉大的古拉！」

全體谷民強忍睡意，向古拉致敬。

古拉也強忍睡意，接受大家的禮讚。

這天夜裡，所有彩虹谷的谷民，睡了有史以來最香甜的好覺。

夜空裡，滿是星斗；谷民的夢裡，滿是彩虹。

只有鐵米睡不著，牠覺得：這兩首歌明明就不好聽啊？

4

葡吉的神奇暑假

最近，彩虹谷小學一年級的教室裡彌漫跳跳糖般的氣氛，因為他們即將迎接生平第一個暑假！

聽說，「暑假」是所有假期中最神奇的一種，它的時間長到會讓人忘記開學，而且還會讓人快樂到忘記寫作業——哇！多麼令人期待呀！

課堂上，葡吉興奮得想站起來翻觔斗呢！

就連天上的雲怪獸，似乎也感染了小朋友的歡樂，吐出了各式各樣有趣形狀的彩虹！有圓形、蟲蟲形、愛心形……

看見大家上課心浮氣躁，老師忍不住叮嚀：「要好好利用暑假，也要記得寫暑假作業喔！」

同學們聽了，紛紛討論要如何度過一個最棒的暑假。

這個暑假，彩虹谷還舉辦了第一屆的雲怪獸彩虹繪畫大賽，看看誰能夠把雲怪獸吐出的有趣彩虹記錄得最完整、畫得最美麗；獲勝的前三名，可以得到巨大的雲怪獸布偶呢！那可是彩虹谷最厲害的玩具布偶師傅芭芭雅的珍貴作品！

葡吉和亞比決定組成「彩虹二人組」，一起贏得這次的比賽。

期盼了好久，暑假終於來了！第一個暑假的第一天，更該好好慶祝、安排一番！葡吉心裡早有盤算。

昨晚，葡吉把自己上學以來最大的「敵人」——養來專門擔任鬧鐘的小公雞報報趕到山上去。一起住在他房間的小精靈勸告他，他也不聽，還跟小精靈鬧情緒，讓小精靈氣得躲起來，不想理他。

暑假不用上學，也就不用早起啦，喔耶！葡吉睡得安穩香甜，還一面傻笑著……

「砰砰砰！」

「唉呦，是誰呀，這麼掃興。還沒睡到『自然醒』耶！」

葡吉賴在床上，用枕頭摀住耳朵，抵擋這擂鼓般的敲門聲。

「葡吉！快起床！已經快中午了！」是亞比的聲音。「你忘了我們的『最佳暑假計畫』嗎？我們說好今天要去畫彩虹耶。」

「天哪，亞比，你怎麼不多睡一點呢？暑假那麼長，急什麼呀！」葡吉嘴裡碎碎唸。

「葡吉！快點起床！」亞比不放棄。

「唉呦！我要睡覺，你去就好了！不要吵我啦！」葡吉大吼。

「賴皮鬼，不理你了！」亞比好受傷，決定自己執行計畫。

「啊！好快樂呀——」翻個身，葡吉再度沉沉睡去。一定是暑假的魔法，讓睡覺變得更舒服啦，暑假果然很神奇！不過，他可不是笨蛋！哼哼，暑假再長，終究要開學的，得要好好把握才行。

葡吉在床邊擺滿了最愛的彩虹果汁和雲怪獸漫畫，這樣，整天都可以賴在床上！

「外頭那麼熱，亞比一定被晒得又黑又暈，真傻！」葡吉好得意。

沉浸在暑假的神奇魔法中，葡吉覺得自己像是在天堂一樣。直到開學前一天，他才赫然想起，自己的作業一個字也沒動！

「糟了！」

開學第一天，葡吉就遲到

了——他熬夜寫作業，累得趴在桌上就睡著了，加上沒有小公雞報報叫他起床，差點兒睡到放學。

亂七八糟的作業，得花一整個星期重寫。

而亞比每天細心畫下雲怪獸彩虹，得到了大家投票的第一名，抱回了超可愛的巨大雲怪獸布偶。不只如此，她還跟媽媽學會了做彩虹煎餅，跟莉妲阿姨學會編織花環和跳土風舞，過得充實又有趣。

是暑假魔法消失的緣故嗎？坐在書桌前的葡吉，現在只覺得好後悔、好疲倦啊！

5

亞比放風箏

彩虹谷的秋風十分涼爽，但彩虹谷的每個人心裡都暖烘烘的。因為放眼望去，每座山上的樹林，都被浸潤在各種溫暖的顏色裡：金黃、鵝黃、澄黃、橘紅、酒紅……好美喔！

秋風不停吹拂，吹得又強又穩，連雲朵都被吹到好高好高的地方；秋天，也是最適合放風箏的日子。

這天，亞比和小狗

鐵米一起到山坡上放風箏。

「記得，如果看見雲怪獸醒著，就不要放風箏啊！」媽媽努莎在金黃色的陽光下晾衣服，不忘叮嚀她們。

彩虹谷的孩子都知道：不能打擾神聖的雲怪獸。

來到山邊，飄浮在天上的雲怪獸正枕著山在睡覺哪！還發出呼嚕呼嚕的可愛鼾聲。他微微翹起的嘴角，像是作著一個好夢。

亞比放心的放起小風箏來。鐵米也很開心，在草皮上到處東聞西嗅，和蟲兒一起蹦蹦跳跳。

今天的陽光暖洋洋，風不疾不徐的吹著，把亞比的風箏線愈拉愈長。轉眼間，小風箏已經成了一個小黑點。

小風箏不斷飛升。

「嗯，好像有點靠近雲怪獸，不過應該沒關係吧！」亞比隱隱有點不安，但是又捨不得收線。她沒注意到，小風箏的尾巴正調皮的搔著雲怪獸的鼻孔。

「哈——啾！」雲怪獸打了一個大噴嚏，醒過來；亞比嚇壞了，風箏就這麼從鬆開的手中飛走，沒入雲怪獸嘴邊的一朵雲裡。

「呼——餓餓！」雲怪獸揉揉鼻子，張開大嘴，將藏有小風箏的雲朵一口吞下。

「嗝——」雲怪獸吐出美麗的彩虹，小風箏卻失去蹤影。

「哇！我的小風箏！」亞比大叫。

這時，一個黑色閃電般的身影從亞比身邊飛竄出去，高高的躍起，接著半懸在空中。

是鐵米！

「鐵米！」亞比趕緊奔上前去，一把抱住鐵米；她這才看清楚，原來鐵米咬住了風箏的線頭。

「鐵米，放開！」可是鐵米一點兒也不肯放棄，他拼命的咬住風箏線頭。

雲怪獸還餓著，撐起身體，飄向旁邊繼續吃雲朵，鐵米和亞比就這樣被拖著往前走。亞比突然覺得自己像在放一個超大的雲怪獸風箏，原本的害怕，馬上被這個好笑的念頭取代了。

就這樣，鐵米繼續咬著線頭，雲怪獸繼續邊吃雲朵、邊嗝出彩虹，亞比開心的放著「風箏」。當然，山腳下的谷民，包含媽媽努莎，看到的只是亞比抱著鐵米在玩。

突然，雲怪獸低飛，把臉湊近鐵米的鼻尖，鼻孔噴出的溫暖氣息，都撲向亞比的臉上啦！亞比嚇得一動也不敢動，而鐵米依舊緊緊咬住線頭。

「唔，剔牙！」雲怪獸說完，張開大嘴，舌頭上的星星舌苔閃閃發光。

原來，亞比的風箏，正卡在雲怪獸的牙縫裡啊！

亞比回過神，鬆開鐵米，趕緊將風箏從雲怪獸的牙縫中取出來。

「唔——舒服多多。」雲怪獸瞇著眼睛，闔上嘴巴，慢慢的飄到了天邊，然後枕著青蘋果山頭睡著啦！

「汪汪！」鐵米搖著尾巴，放掉風箏線頭，開心得又蹦又跳。

「好鐵米，謝謝你！」亞比手上捏著濕淋淋的風箏（都

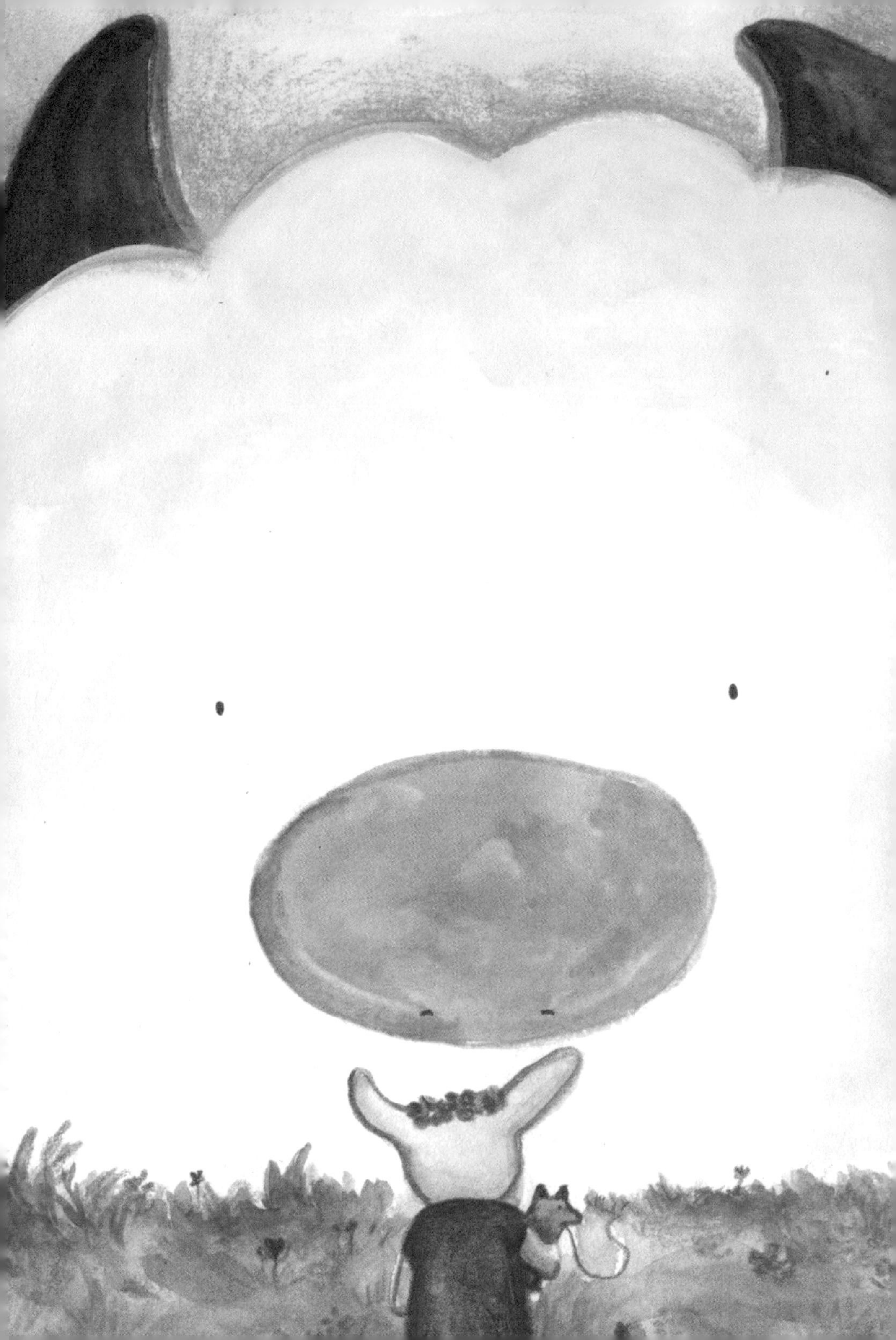

是雲怪獸的口水），拍拍鐵米的頭。

雖然心愛的風箏被雲怪獸的口水泡爛了，但今天的放風箏，讓亞比一輩子難忘。當然，這是她和鐵米，以及雲怪獸的祕密。

6

雲怪獸生病了

每年剛結束冬眠的雲怪獸，都是胃口最好的時候。沉睡了一整個冬季，醒來後肚子變得空空的，什麼雲吃起來，都格外美味。

可是，今年才剛結束冬眠的雲怪獸，不知什麼緣故，感覺雲朵的滋味變差了。

原本如黑莓般香甜的烏雲，現在吃起來索然無味；牛奶般香醇的白雲，則是酸酸澀澀；雲朵鬆軟滑順的口感，如今又柴又硬。

現在，他再也吐不出彩虹了——只有黑色、灰色，怎麼能叫做彩虹呢？

每天，一朵一朵的雲朵在雲怪獸的眼前飄來飄去，雲怪獸卻不想張開嘴巴，他一想到從嘴巴裡傳來那些恐怖的味道，就倒盡胃口。

雲怪獸吃不下也睡不好，脾氣愈來愈差。

「不好吃！不好吃！」

他沮喪咆哮，彩虹谷颳起狂風；他憤怒跺腳，彩虹谷害怕顫抖。

彩虹谷的谷民，從來沒有遇過這種狀況，全嚇壞了，紛紛來向巫醫古拉求助。

巫醫古拉除了照顧谷民的健康，還肩負最重大的責任——服侍神聖的雲怪獸。

他早就留意到雲怪獸胃口不佳的異常狀況，這是從來沒有發生過的現象。他翻遍了歷代巫醫流傳下來的魔法書和雲怪獸的資料，都查不到相同的症狀。

他苦苦思考，終於想到了一個可能性——雲怪獸一定是吃膩了雲朵。吃了幾千年的普通雲朵，肯定受不了！

於是，古拉用心施法，調配出特別口味的雲朵，獻給雲怪獸。

雲怪獸把古拉創造的新口味雲朵都嘗了幾口，可是臉色卻愈來愈難看。

「不好吃！不好吃！」

怎麼會這樣？那可是古拉費盡心思才調配出來的呀！

「吼吼！」不滿意的雲怪獸，繼續發脾氣。

帳篷裡，古拉不眠不休翻閱古老的醫書，找到了可能的答案。

「如果不是雲朵口味的問題，那麼或許是雲怪獸生病了！」黑著眼圈的古拉如此判斷。

雖然很害怕，但古拉還是再次努力變出一朵全新口味的雲朵，獻給雲怪獸。

這朵雲看起來像彩虹一樣美麗，還散發著各種香甜的水果和花香味，是古拉的精心傑作！

「敬愛的雲怪獸，請您享用……」古拉抖著聲音說。

嗯……不妙，雲怪獸吃了幾口，臉色愈來愈難看，就在雲怪獸要發怒的時候，卻突然一聲不發的歪向一邊，並發出「呼嚕……」的鼾聲。

原來，這朵雲裡面，古拉加入了讓雲怪獸昏睡的祕方！

「快！只有一次機會！」

古拉帶著自願幫忙的谷民，大夥兒戰戰兢兢撬開雲怪獸的大嘴。

古拉仔細檢查雲怪獸的牙齒、牙齦、舌頭……赫然發現，雲怪獸的舌頭有點不對勁！

根據古書記載，舌頭上星星形狀的味蕾應該是金色，現在卻成了墨綠色，整個口腔暗沉沉的，難怪嘗不出雲朵的美味！

古拉趕緊依據書裡的配方調配解藥，仔細敷在雲怪獸的舌頭上。當藥方滲入舌頭時，星星味蕾終於恢復閃亮。

「好，快走！」大夥兒趕快逃出雲怪獸的嘴巴，躲了起來，從遠處偷偷觀察雲怪獸。

「希望能夠成功啊！」古拉心中不斷的祈求神靈。

醒來的雲怪獸正想找人算帳，可是肚子好餓！雖然一想到雲朵的怪味，讓他又生氣又沮喪，然而肚子實在太餓了，於是他隨手抓了一朵白雲，硬著頭皮吞下去。

「唔——好吃！」雲怪獸又驚又喜，開心的一口接一口，吃光了天上的雲朵。

「成功啦！」古拉和谷民互相擁抱歡呼。

「嗝——」

彩虹谷的天空，出現了一道從未出現過的巨大彩虹。

7

好熱，好熱！

夏季，彩虹谷田裡的農作物生長得最是熱烈。田野裡，長著紅的、黃的、綠的、紫的各色的作物，一畦一畦高高低低的連接著，當風吹拂而過，谷裡就翻湧著彩色的浪，浪裡忽隱忽現的，是彩虹谷民忙碌的身影。

今年的夏天出奇的熱，而且遲遲不下雨！每天，太陽早早就喚醒彩虹谷，接著熱力全開的在谷裡逗留，火辣的陽光能找到每一個谷民躲藏的角落，把谷民的皮膚針得又紅又辣，和紅椒山上的辣椒不相上下。就連號稱不怕熱、不怕晒的葡吉，也被晒得唉唉叫。

每天，大人頂著可怕的太陽在田裡耕作，幫忙的孩子也都苦著一張臉。偏偏天空的雲也異常的少，根本不夠雲怪獸享用，更不用說遮太陽了。

古拉從早到晚忙著用法術製造雲朵，忙得不可開交，亞比還得送餐盒到帳篷裡給爸爸古拉。

「雖然藍色的天空搭配滿天的彩虹非常美麗，但真希望雲怪獸別把雲朵都吃光，留一些雲

朵幫忙遮點太陽！」這天，葡吉忍不住抱怨。

「葡吉，不可以說對雲怪獸不禮貌的話喔！」亞比雖然嘴巴這樣說，心裏也知道葡吉說的是真的。

「唉，本來就是啊……」葡吉生著悶氣。

咦！也許可以……葡吉的抱怨倒是給了亞比靈感。

「爸爸！可以請您幫我一下嗎？」亞比跑進帳篷，古拉剛剛趕上上午製作雲朵的進度，坐下來吃早餐。

「幫什麼忙呢？」揮汗如雨的古拉，語氣還是很溫柔。

「請問您有沒有辦法做出這樣的雲朵給雲怪獸吃？」亞

比遞給爸爸一張圖畫。

「喔？我看看！」古拉放下餐盒，接過圖畫。「嗯，或許可以喔……可是，為什麼要這樣呢？」

「到時候就知道了。」亞比露出一個神祕的笑容。

自古以來，出自於對雲怪獸的尊重，巫醫會將製作好的雲朵送到雲怪獸的附近，讓他可以不用移動太遠就能輕鬆享用。

而此刻，古拉卻依照亞比的設計，製作出一條好長好長

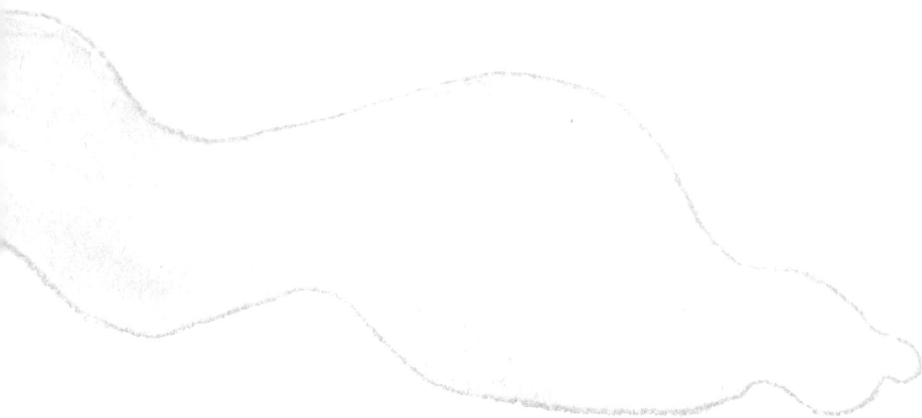

的雲，從雲怪獸嘴邊一直延伸到田野的上空。

雲怪獸會願意移動這麼遠的距離吃這條雲嗎？古拉有點擔心。

醒來的雲怪獸打量了一下「雲條」，一口接著一口吃了起來，不一會兒，就吃到了盡頭。「嗝——長長的，好玩！」雲怪獸打了個愉快的嗝，又睡著了。

「哇！是雲怪獸！」「喔！好涼快喔！」

原來，雲怪獸白雲般的身體遮住了太陽，在田裡投下了一片巨大的陰影。

「好舒服呀！」

就這樣，在雲怪獸的影子下，伴隨著呼嚕聲，谷民順利的完成了田裡的工作。

「耶！謝謝古拉，謝謝雲怪獸！」大家歡呼。

從這天起，雲怪獸每天都會吃下古拉特製的雲條，來到田野的上空，一邊睡覺、一邊陪著谷民完成農活兒。亞比很得意，自己的辦法奏效了！

一個星期過後，葡吉首先發現不對勁。「亞比，雲怪獸的身體好像變胖了，也晒黑了耶！」

「有嗎？」因為得意而暈陶陶的亞比，仔細盯著雲怪獸瞧。「咦，真的耶！」

亞比和葡吉顧不得火辣的陽光，慌忙跑出了雲怪獸投下的幸福陰影，去找古拉。

「爸爸！不好啦！雲怪獸變黑了！」亞比聲音發抖，她很怕是自己害了雲怪獸。

坐著休息的古拉一聽，嚇得彈起身來，腳底絆了一下，差點兒跌得趴在地上。

突然，什麼東西打在帳篷上，先是發出滴答滴答的細小聲音，接著轉成淅瀝嘩啦的聲響。

啊！下雨了！

哪裡來的雨？

他們慌忙衝出帳篷，只見雲怪獸如巨大烏雲般的身體，落下了大量的雨滴。

「哇！萬歲！」遠方的田野裡，傳來谷民振奮的歡呼。雲怪獸的降雨，持續了一整個星期，所有的作物都健康快樂的生長。

之後，天氣終於恢復正常了，雲怪獸瘦了一大圈，也恢復成平時棉花般的白色了。

不過，古拉真的累壞了，一口氣呼嚕呼嚕睡了好幾天。

8

莉妲的彩虹花環

這天，是金甲蟲一年一度造訪彩虹谷的日子。對谷民來說，金甲蟲是帶來秋天的使者。他們相信，金燦燦的金甲蟲是夏日最後的陽光化育而成的。凡是金甲蟲所經之處，都像被撒上金粉，預告了秋天即將來臨。

今年，努莎的妹妹莉妲打算捉一隻金甲蟲，送給最愛的外甥女亞比當生日禮物。莉妲像風一樣追著金甲蟲，然而，不知怎麼搞的，這隻金甲蟲飛得又快又靈活，怎麼也追不著。

當她全神貫注追著金甲蟲時，山裡的霧氣愈來愈濃。追著追著，不僅金甲蟲失去蹤影，連莉妲自己都迷路了。

白色慕斯般的濃霧讓她只能勉強前進。最後，當濃霧終於散去時，已經傍晚了，摸黑走山路不是明智的決定。莉妲望向山腳下彩虹谷的燈火，嘆了一口氣。

「要是趕不回去，亞比一定會很失望。」莉妲的心裡很鬱悶，她沒有一年讓亞比失望過。

儘管沮喪，莉妲還是得打起精神找個地方落腳，這才發現自己來到一片陌生的原野，落日餘暉中，原野竟籠罩著一層七彩的光暈。

這是……傳說中會發出七色光芒的彩虹花！莉妲只聽古

拉說過，那次，古拉為了採藥差點兒迷路，誤打誤撞發現的。看來，要見到彩虹花，還得先迷路呢！莉妲笑了起來。

「編一個彩虹花環帶回去給亞比當生日禮物，她一定會很高興！」

莉妲放下了追丟金甲蟲的懊惱，開始編織七彩花環；不知不覺中，一個花環編好了。

「真是太美了！」

明天太陽一出來，就趕緊帶著花環回去吧！

清晨，睡夢中的莉妲聽見呼嚕呼嚕的聲音，醒了過來。

在她眼前的，竟是——雲怪獸，雲怪獸正大口大口吃著滿地的彩虹花！

哇！不妙，雲怪獸一下子就把所有的彩虹花都給吃光光。

接著，雲怪獸走向莉妲，直直盯著花環，一副非吃不可

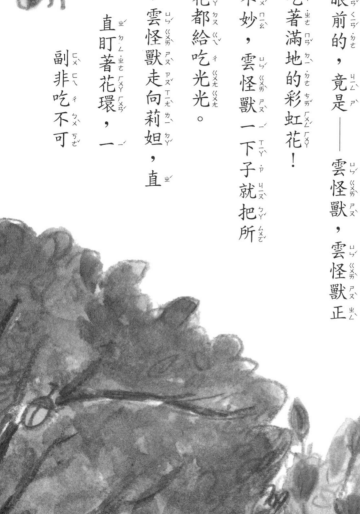

的模樣。

莉妲本想向雲怪獸求情，讓自己把花環帶回去給亞比，結果……

「呼嚕！」一聲，花環一瞬間進了雲怪獸的肚子裡。

雲怪獸滿足的飛上天際，留下錯愕的莉妲。

「唉，算了，趕快回去幫亞比慶生吧！反正帶回去的花八成也謝了。」莉妲安慰自己。

亞比一早就醒了，她一骨碌的跑到門口，迫不及待想知道莉妲阿姨會給她什麼驚喜。

然而，期待落空了，莉妲不在這裡。

亞比呆呆的望著門外，只有金色的陽光走進來。

突然，她看見一片陰影靠近。亞比瞇起眼睛，看了好一會兒，才發現那是雲怪獸。她驚訝得後退了兩步。

「嗝！」雲怪獸對著亞比打了一個嗝。「啪！」接著，有個軟軟涼涼的東西落在她的頭頂上。

「哎呀！」在亞比的驚呼聲中，雲怪獸又離開了。

亞比連忙把那個雲怪獸「吐」在她頭上的東西拿下來一看，竟然是一個彩虹花環！

「哇！好美！謝謝雲怪獸！」

今年生日雖然莉妲阿姨遲到了，可是雲怪獸送了超美的彩虹花環給自己，實在是太開心啦！

亞比心裡想著，莉妲阿姨一定會出現的，到時候要把這個美麗花環送給最愛的阿姨。

9

魯歐的菇菇火鍋

亞比的叔叔魯歐住在紫菜山的山腳下。

魯歐家的後院，冬天的時候會長出一種珍貴稀有的菇菇；這種菇菇煮成的火鍋，可是超級美味的。

今年，魯歐打算偷偷躲起來，自己大吃菇菇。

原來，去年正當他準備享用菇菇火鍋時，鄰居吉本竟找上門來。

「魯歐，你在吃什麼，好香喔！我可以一起吃嗎？」

沒辦法，魯歐只好招待吉本。

可是，又高又壯的吉本，是彩虹谷出

了名的大胃王，幾乎獨自吃光了菇菇，連湯也喝了大半。看著吉本滿足的模樣，失望到極點的魯歐卻不好意思抱怨，只好忍下。

然而，更糟的是，之後只要一碰面，吉本總要問：「什麼時候吃菇菇火鍋？」他還不時到魯歐家後院探頭探腦，讓魯歐不得不把籬笆築得高一些。

吉本的鼻子超靈，恐怕幾公里內吃菇菇都會被立刻發現。魯歐花了整個秋天，一面躲避吉本，一面四處勘查地形，忙得不可開交，終於在紫菜山的山腰上，找到偷吃菇菇火鍋的絕佳地點。

不知不覺，冬天的腳步近了，連雲怪獸也昏昏欲睡，頻頻打呵欠，準備冬眠。

今天，正是冬天來臨前，最後一次菇菇收成，魯歐打算盡快採完新鮮菇菇，立刻上山，偷偷享用。

「魯歐！要吃菇菇火鍋了嗎？」天啊！吉本竟然在這時找上門，太誇張了！

魯歐趕緊開溜。幸好他早有準備，揹起菇菇，從預先挖好的地道逃走。

「哼，想吃，門兒都沒有！」到了山上，煮著火鍋的魯歐，得意的哼起歌來。

哈啾！魯歐打了個哆嗦。

原來，山上的氣溫一下子變得極冷，接著竟然飄起了大雪。

不妙！遇上突來的暴風雪了！

魯歐慌張起來，這一陣子以來，他腦子裡只想著怎麼躲開吉本，好盡情的吃菇菇火鍋，根本忘了留意天氣的變化！

顧不得菇菇火鍋還沒吃，他拔腿想跑，卻發現太遲了。

無情的暴風雪一下子就追上了魯歐，瞬間將他吞沒。

「哇！救命啊！」

魯歐醒來時，發現吉本正照顧著自己。

「是你救了我嗎？你怎麼知道我在山裡？」魯歐的聲音很虛弱。

「我……聞到菇菇的香味了。」吉本不好意思的低著頭。

「一定是我太貪吃，讓你很困擾，所以你才躲到山上去。」

「嗚……對不起，我這麼小氣，你還冒生命危險救我。」

魯歐好慚愧。

「你是我的好朋友，我當然會救你呀！」

吉本說：「不過，暴風雪太大了，下山時，我差點兒也被困住，幸好雲怪獸救了我。」

奇怪？雲怪獸不是在冬眠嗎？

雖然覺得不可思議，魯歐心中充滿了感激。

「來，喝點熱湯。雖然比不上你的菇菇火鍋，我的筍子火鍋也還不賴喔！」

「哇！」吉本的筍子火鍋，讓魯歐的身子都暖和起來了。

魯歐決定，往後的每個冬天，都要準備最美味的菇菇火鍋，招待自己的好朋友吉本。

不知道，雲怪獸會不會也想嘗一嘗自己家的美味菇菇？希望他也會喜歡啊！魯歐期盼著。

10

雲怪獸失蹤了

又到了彩虹谷的谷民最期待的春天了。

每到春天，從冬眠中醒來，肚子餓得咕嚕咕嚕的雲怪獸，會一口氣吃光天上的雲朵，吐出滿天的彩虹。

只是，春天都已經到了好幾天了，天空卻依然不見彩虹。最古怪的是，就連雲怪獸也不見蹤影，彩虹谷上方，空蕩蕩的天空，讓所有的谷民感到不安。

巫醫古拉的帳篷擠滿了擔心的谷民，大家都急著來問：

「雲怪獸到哪裡去啦？」

古拉苦著臉，支支吾吾答不出來，心裡有點氣雲怪獸，怎麼也不打聲招呼再離家出走呢？

亞比、葡吉、小狗鐵米……所有的孩子也都跟著大人尋找雲怪獸。

雲怪獸最喜歡靠著睡覺的紅椒山邊沒有！

雲怪獸最喜歡玩水泡澡的銀耳湖也沒有！

雲怪獸最喜歡發懶打滾的浪花草原也沒有！

到處都找不到雲怪獸。

日子一天過一天，春天都走了，雲怪獸依然沒回來。沒有彩虹的彩虹谷，這像話嗎？

正當大家失去希望的時候——雲怪獸出現了！

只見雲怪獸慢吞吞的飄在彩虹谷上空，投下了一個巨大的陰影。

「咦？雲怪獸變得比以往更巨大了耶。」亞比第一個發現雲怪獸不一樣。

「真的耶。」葡吉睜大眼睛，伸出手朝天空比劃比劃：「嗯，大了兩倍。」雖然不知道雲怪獸跑到哪裡去，但他變得更大、更胖，應該是值得開心的事。大家鬆了一口氣。

然而彩虹谷居民的好心情，只維持了很短的時間。

原因是——雲怪獸變得怪怪的。

他不吃不喝，只是高高的飄在天上，成天呼嚕呼嚕的睡覺，當然別期待能看見他吐出美麗的彩虹了。

連亞比和鐵米帶著小風箏來找他玩，他也不理不睬。擔心雲怪獸的古拉，施法變了很多不同口味的雲朵，想促進雲怪獸的食慾，卻一點也引不起雲怪獸的興致，繼續沉睡。

莫非，雲怪獸又生病了嗎？

可是雲怪獸沒有像之前亂發脾氣，加上他飄在那麼高的地方，古拉也沒有辦法為雲怪獸進行檢查。

彩虹谷的谷民，在古拉的帶領下，每天晚上都圍繞在營火前，為雲怪獸獻唱最喜歡的歌曲，心中暗自祈禱，雲怪獸能夠早日恢復往常的活力。

就這樣，夏天過去了。接著，秋天、冬天也過了……

彩虹谷的谷民的歌聲和祈禱，沒有一天間斷。

彩虹谷的谷民度過十分難熬的一年，無精打采的迎接又一年春天的來臨……

「哇！彩虹！」最先發現彩虹的還是亞比。

但那是……一個好小好小、好小好小的彩虹……

啊！不只是彩虹，連雲怪獸都變得好小好小！

怎麼回事？

變得好小的雲怪獸，胃口卻很好，津津有味的吃著雲朵。

「啊，雖然不知道為什麼雲怪獸變小了，但是健康就好！」彩虹谷的谷民，一掃之前的陰霾，心裡十分欣慰。

才這麼想的時候，竟又出現了一隻雲怪獸！

而且，還是一隻大雲怪獸！

怎麼會有兩隻雲怪獸呢？

全彩虹谷的谷民都愣住了，望著天上的兩隻雲怪獸，說不出話來。

「啊！我知道了！是雲怪獸生寶寶啦！」古拉恍然大悟。

原來，雲怪獸是女生呀！這件事，從來沒有人知道。

雲怪獸回來了！還生了可愛的寶寶，太棒了！這可是前所未有的大喜事！彩虹谷的谷民全都高聲歡呼，並且開始準備盛大的慶祝活動。

雲怪獸和雲怪獸寶寶在天上，一邊開心吃著雲朵，一邊不斷吐出美麗的彩虹，彷彿在回應彩虹谷谷民的關懷。

「看來，以後雲朵可能常常不夠吃了！我得要更辛苦啦！」古拉嘴巴雖這麼說，但臉上掛著大大的笑容。

XBSY0040

彩虹谷的雲怪獸

作者｜王宇清
繪者｜邱　惟

字畝文化創意有限公司
社長｜馮季眉　編輯｜戴鈺娟、陳曉慈、徐子茹
特約編輯｜洪絹　美術設計｜劉蔚君

讀書共和國出版集團
社長｜郭重興　發行人暨出版總監｜曾大福
業務平臺總經理｜李雪麗　業務平臺副總經理｜李復民
實體通路協理｜林詩富　網路暨海外通路協理｜張鑫峰
特販通路協理｜陳綺瑩　印務協理｜江域平　印務主任｜李孟儒

發　　行｜遠足文化事業股份有限公司
地　　址｜231 新北市新店區民權路 108-2 號 9 樓
電　　話｜(02)2218-1417
傳　　真｜(02)8667-1065
Email｜service@bookrep.com.tw
網　　址｜www.bookrep.com.tw
郵撥帳號｜19504465 遠足文化事業股份有限公司
客服專線｜0800-221-029
法律顧問｜華洋法律事務所 蘇文生律師
印　　製｜中原造像股份有限公司

2021 年 10 月　初版一刷
定價｜320 元
ISBN｜978-986-0784-63-3
書號｜XBSY0040

國家圖書館出版品預行編目（CIP）資料

彩虹谷的雲怪獸/王宇清著；邱惟繪. -- 初版. -- 新北市：字畝文化出版：遠足文化事業股份有限公司發行, 2021.10
面；　公分
ISBN 978-986-0784-63-3(平裝)
863.596　　110014556